KB209158

라푼젤의 자기소개서

라푼젤의 자기소개서
박선애 시집

초판 인쇄 2024년 10월 10일
초판 발행 2024년 10월 15일

지은이 박선애
펴낸이 신현운
펴낸곳 연인M&B
기 획 여인화
디자인 이희정
마케팅 박한동
홍 보 정연순
등 록 2000년 3월 7일 제2-3037호
주 소 05056 서울특별시 광진구 자양로 73(자양동 628-25) 동원빌딩 5층 601호
전 화 (02)455-3987 팩스 (02)3437-5975
홈주소 www.yeoninmb.co.kr
이메일 yeonin7@hanmail.net

값 14,000원

ISBN 978-89-6253-581-5 03810

* 이 책은 고성문화재단의 창작지원금 지원사업으로 제작비 일부를 지원받아 제작되었습니다.

어딘가에
있을
또 다른
라푼젤을 위한…

라푼젤의 자기소개서

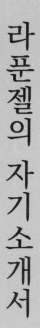

돌아보면
내 인생은
그래도 괜찮았다

내 머리카락이 다 자라는 날,
푸른 활주로를 달려 세상 끝으로
비상할 거니까요

박선애 시집

나는 밤마다 드넓은 하늘을 날고 있는 꿈을 꿉니다

푸른 활주로를 달려 세상 끝으로 비상할 거니까요

연인M&B

　날것의 감성과 가치관, 삶 한 부분의 흉터를 용기 내어 드러냈습니다.

　이로써 부끄러운 시인이라는 자책을 씻어 내고 비로소 제 생의 낡은 슬픔과도 이별할 수 있었습니다. 욕심내 보건대, 투박한 제 글 한 줄이 어딘가에 있을 또 다른 라푼젤의 가슴에 공감과 위로로 별처럼 박힌다면 더없는 기쁨이겠습니다.

　다시 꿈꿀 수 있도록 후원해 주신 고성문화재단에 큰 감사를 드리며 한결같은 사랑과 응원으로 제 삶의 가치를 찾게 해 주신 분들, 특히 평생 고슴도치 같은 딸을 안고 계신 어머니께 처음 시집을 드립니다.

2024년 9월 첫날
감사와 마주 보며
박선애

시인의 말 5

/ 제1부 / 만약 옛사랑을 만난다면

이팝나무 길을 걷다 13
겹작약 15
다이어트와 당신 16
사랑하기로 했습니다 18
초승달 19
빛과 어둠의 관계 20
오월의 산책 21
사랑 22
당신을 만나서 24
떠나는 사랑은 25
첫눈 26
장마 27
담쟁이 28
애증 29
우산 30
비 31
가을편지 32
실을 사랑한 바늘 33
커피 34
안개 35
붉은 등대가 흰 등대에게 36
산세베리아 37
만약 옛사랑을 만난다면 39
단추 40

/ 제2부 / 우는 여자

날것의 매력 42

고래 43

죽고 싶다 44

낙심자의 근황 45

가시 달빛 47

우는 여자 49

바람도 아프다 50

위대한 그 이름 51

회개 52

부끄러운 이름 53

혀 54

12월 31일 55

가족사진 56

태풍 바다 58

차이 59

'새新'를 위한 묵념 61

신과의 거리 62

신도 할 수 없는 일 64

목련이 다녀갔다 65

시인답게 산다는 것 66

저글링 67

바람 부는 날 68

카페에서 69

그녀에게 70

수준 72

/ 제3부 / 밥만 먹었더라

가을 산 74

아버지 75

내일 죽을지도 모른다는 생각을 했을 때 77

돈에게 79

빗소리 80

불변의 진리 82

은행나무와 엄마 83

해프닝 84

화진포에서 85

요즘 나는 86

우아하게 살 수가 없다 87

오지랖 88

공共과 공空 89

뒤늦은 깨달음 91

세월 92

거룩한 욕실 유리창 93

미안하다 내 손아 94

으리으리한 의리 96

파도에게 배운다 98

그것이 알고 싶다 99

웃는 게 아니야 100

바람도 아프다 2 101

밥만 먹었더라 102

/ 제4부 / 라푼젤의 자기소개서

새벽 105

친절한 선애씨 106

나도 꽃나무 107

아, 봄! 108

상처 109

신新중년 시대 110

60대 예찬 112

바퀴 113

정체성 115

결혼하는 딸에게 117

새해 일출 118

동해의 아들 119

현실 엄마의 조언 120

인정 욕구 121

자연인이 되고 싶어요 122

중년 남자를 위하여 123

스팸문자도 누군가에게는 124

라푼젤의 자기소개서 127

첫 만남, 시詩 128

고지혈증 130

버선 131

그녀, 선희 133

그네뛰기 134

그리움 135

제1부

만약 옛사랑을 만난다면

이팝나무 길을 걷다

당신과의 사랑은 영화처럼 비현실적이면 좋겠습니다

눈부신 그늘 아래 흰 눈 소복하게 쌓이는
5월의 크리스마스,
여름과 가을을 지나지 않았어도
내 가슴은 세인포티아 만발하여 온통 붉습니다

내가, 내 사랑의 향기가
녹지 않는 꽃눈 되어 흩날리다 당신 어깨에
반가운 첫눈으로 스며들 수 있다면
더 이상 어떤 계절이 나에게 필요하겠습니까

운명적 사랑은
과정 없는 완성이라는 걸
비로소 알게 되었습니다

눈 덮인 트리에 붉은 종을 달아 봅니다

당신과의 사랑은
다른 사랑이었으면 참 좋겠습니다

겹작약

한 겹 치마를 내려도
다 알 수는 없지

발색하는 겹겹의 홍조
수줍게 출렁이는
초하初夏의 아라비안나이트

꼬옥 감싸 쥔 치맛자락 속
열두 폭 너의 우주
상상으로 마른침을 삼켜도

내일을 기다릴 뿐
감히
손댈 수조차 없는

뇌쇄적 희롱

다이어트와 당신

헤어진다 헤어진다 헤어진다
내일은 꼭 헤어진다

죽어도 안 되는
결심
이 망할 놈의
이별

미운 정 고운 정
다정多情이 내겐 불치병이라
매일 실패로 끝나고 마는
헤어질 결심

내게서 행복할 수 없었던
부질없는 욕심의 산물들아
다 놓아준다 떠나라

내 모습 잘 보이고 네 얼굴
보이지 않는 곳에서만 할 수 있는
눈물의 다짐

헤어진다
헤어진다 내일은
꼭 헤어진다
젠장!

사랑하기로 했습니다

지나간 사랑을 떠올리면 늘 후회했습니다
진실이란 끝이 나고도 한참을 지나서야 온전히 드러나는 것
사랑이란 그때뿐인 달콤한 거래였을 뿐
중도 해지한 보험처럼 속 쓰린 후회로 얼룩져 있었습니다

지난 사랑은 고작 빛바랜 외상 장부에 기재된
시간의 손실인지라
나는 마음 약한 채권자가 되어 냉소적으로 사랑을 봅니다

사랑이란 인간이 가진 가장 위대한 힘이며 영원한 것이라는데
아아 여태껏 내가 했던 것은 사랑이 아니었나 봅니다
방법을 모르는 건지 자격이 안 되는 건지
여전히 사랑은 두려운 종말이지만

그래도 당신을 사랑하기로 했습니다

자질 없는 내겐 밑지는 장사겠지만
온 마음을 끌어모아 마지막 투자를 합니다
진짜 사랑이었는지 아니었는지도 미처 알지 못하게
생의 마지막까지 후회도 정산도 없을
마침표 없는 이 사랑

장렬하게 당신을 사랑하기로 했습니다

초승달

끝내 앓아누웠다
식음을 전폐한 채
웅크린
창백한 낯빛
저 지독한 그리움

피하지 못한 사랑은
피우지 못한 사랑이 되어
삶 내내 검푸른 가슴
시린 별자리로 박제되었나니

은빛 눈물 흩뿌리며
오뇌의 금화살
꺾어 버린
아르테미스*

---

* 달의 여신.

19

빛과 어둠의 관계

대부분의 사람들이 말을 해
너희들은 너무 달라
상극이고 천적이라고

빛은 늘 옳다고 편들면서도
어둡고 섣부른 단정만 해

하지만 난 알고 있어

서로의 쉼이 되고
서로를 위해 존재하는 관계
열렬히 사랑하는 하나라는 걸

쉿!
오늘 밤도 꼭 붙어서
빛과 어둠은
비밀 연애 중

오월의 산책

구름 따라 길을 걷습니다
눈부신 햇살에 졸던 산새들
잠깬 포롱거림이 사랑스럽고
수다스런 나뭇잎이 바람과 속삭이는
번지듯 날아가는 사연이 즐겁습니다
개울물 졸졸졸 쉼표 없는 흐름에 씻긴
오감이 분주해진 계절,
고향 벗 동그란 얼굴 닮은 이름이
오월입니다

옆을 돌아보면 당신 없지만
내 걸음만은 그대를 향해
끝없이 가까워지는 길
만날 수는 없지만
슬퍼지지 않는 그 길이
바로 오월의 산책입니다

사랑

견딜 수 없이 뜨겁다가
견딜 수 없이 차가워지는
참을 수 없이 가증한
변패일 뿐

차라리 고개 돌려 눈 감고픈
눈부심이었네

하지만 어느새
나의 입술이 부르는
단 하나의 이름

너를 통해 무엇이 되기보다
너를 위한 도구가 되기를

감당할 수 없는 온도의 눈물로
기도가 바뀌었을 때
가장 위대한 힘을 가진
잔인한 입속으로
기꺼이
노래하며 기꺼이
나는 들어가고야 말았네

사랑이었네

부패하고 소멸할지라도
네 안에 나를 두고픈

순전히 나를 위한
순전한 욕심이었네

당신을 만나서

가슴이 요동치지는 않았습니다
그리움에 뒤척이지도 않았습니다
화장을 덧바르지도 않았습니다

그러나 그대
실망하지 마세요

그대라는 고요한 양수 속에서
성숙해진 내 심장은
가장 오래 뛸 수 있는 속도를 알게 되었고
진화한 나의 감각은 눈을 감고도
내 안에 소붓한 연두빛 향기를 봅니다
태초의 숫저운 모습으로
태동하는 내 마음
그대 붉은 자궁에서 무럭무럭 자라나

누구나 꿈꾸지만 아무도 갖지 못한
절특한 사랑으로
그대 삶에 안기고 싶습니다

떠나는 사랑은

사랑하기 때문에 떠난다는 말,
비겁한 핑계일 뿐이라고 비난하는 너는
단언컨대 목숨 걸고 사랑한 적이
없다

진짜 사랑을 아는 사람의 눈에만 보인다는, 찢겨져
너덜거리는 가슴 조각 모두어 기워 낸
그 붉은 실밥을 보았을 리
없다

사랑은
불나방이 되어 함께 불길 속으로
들어가는 무모함이 아니라
우는 그를 끝끝내 보내고 나 홀로
상실의 지옥 속으로
떨어지는,
지독한 순수이타(純粹利他)

그 사람을 위해 내 사랑의 무덤을 만들고 천 년의
비석을 세우는 일

첫눈

아무도 걸어가지 않은 길로만
당신에게만 닿고 싶었어
세상과 삶을 모르는 만큼
당돌하게 순수했던 시절이었지
새벽에 첫눈이 쌓인 것을 보았을 때
아무도 밟지 않은 눈길을 밟아
당신이 내게 왔음을 알고
내 가슴은 얼마나 콩닥거렸던지
하지만 나이를 들어 보니
밟지 않은 길이란 세상에는 없어
아무도 밟지 않은 첫눈조차
누군가 내 마음 위를 걸어간
거대한 흰 발자국에 불과하다는 것을
깨닫고, 난 또 왜 그리 펑펑 울었던지
첫눈이 쌓인 하얀 세상은
하늘이 모든 사람들 삶 위를 걸어간
하나의 커다란 발자국이었거든

장마

폭염이 보름을 지나간다
문득, 오래전
소나기처럼 쏟아져 내리던
네 눈물이 생각난다

살다 보면
지겨웠고 불편했던 것들이
그리울 때가 더러 있다

심장까지 발효된
폭염주의보

비가 왔으면
네가 왔으면

담쟁이

기어오른다는 건 멋진 일이지
실뿌리 촉수를 뻗어 하늘을 향해
기어오른다는 건 차암 열렬한 몸짓이었어
가지 말라고 당신 발목 붙잡았던 거
당신 종아리와 허벅지를 잡고 매달렸던 거
당신 가슴과 어깨를 싸안고 울었던 시절을
떠올리면 내가 그때 당신에게만은
무지 무성하고 푸르렀던 게 아닌가 싶어

애증

냉혈 인간 너 하나 때문에
하루 종일
네 휴대폰과 내가
열나게
함께 울고 있어

독한 새끼야

우산

비 올 때 펴는 것으로
옷이 젖는 건 막을 수 있지만
당신 보고픔에 젖는 두 눈은
어떻게 하나
당신 그리움에 젖는 내 가슴은
어떻게 하나

비

사는 동안 내 얼굴에도 비가 많이 내렸다
기쁨이 젖어 미소가 되고
슬픔 속에 슬픔이 내려
허망한 눈빛이 풀풀 재처럼 날려
세상을 쓸어 보듯이 쌓이기도 했다
하지만 당신을 향해 내리는 비는
내 몸을 적시지 않고 내 마음속으로
곧바로 떨어져 울음으로 고여들었다
그 울음은 당신을 향한 그리움으로
내 얼굴에게 뿌리고 맑게 씻기는
삶의 유일한 세례였다

가을편지

가을입니다
당신과 함께 바라볼 하늘이 생겼고
당신과 함께 노래할 꽃들도 피어나고
당신과 함께 익어 가는 시간입니다

당신은 가을을 닮았습니다
맑은 눈동자엔 햇빛이 들어 있습니다
쓸쓸한 바람 한 점과 후두둑 눈물을 흘릴 듯한
오늘처럼 흐린 하늘마저 그대 눈망울을 닮아
그립게 되는 좋은 날입니다

당신의 등에 노란 우표를 붙여
이 계절 깊은 곳으로 보냅니다

실을 사랑한 바늘

눈 찡긋 한번에
멍 뚫린 내 가슴
감친
색 고운 너를 업고
살 깎는 아픔으로 걸었던
한 개의 길

얼마나 사랑했길래
내 삶 지나온
자리, 자리마다
온통
너의 발자국뿐일까

커피

중독은 좋은 거지
습관적으로 당신을 찾게 되니까
내 입술이 할 수 있는
가장 좋은 것은
당신의 이름을 부르는 것
뜨거운 당신을 내 목구멍으로
삼키는 것
그래서, 그 힘으로
하루를 버텨 내고 살아 내고
다시 당신을 내 입술에 흘려 넣은 뒤
가슴에 그득한 당신을 천천히
바닥째 비워 내는 것

안개

단 한 번도
가져 본 적 없던 그대를
순수로만 탁해진 나의
눈물 속으로 초대합니다

한 걸음 한 걸음 깊이
들어올수록 명징해지는
불편한 진실에 화들짝
놀란 그대 뒤돌아서도
달아날 길은 오리무중입니다

후회하셔도 늦었습니다
밖인지 안인지
도무지 모를 곳에 갇혀 버린
그대 위치는 출구 없는
나의 심중心中입니다

붉은 등대가 흰 등대에게

눈을 깜박여 봐
나를 보고 눈빛을 던져 봐
손을 잡을 수 없고
만질 수 없다고 해도
서로 바라봐 주는 것만으로
삶을 살고 다한다 해도
괜찮아

사람들은 누군가와
살을 붙이고 살아도
마음 깊은 곳에는
다른 한 사람이 등대로 서 있지
그리움을 해밝게 켜고
미지의 곳으로
빛의 신호를 타전하지

언제 와 줄 거니?
언제 나를
구원해 줄 거니?
그렇게 죽을 때까지
안타깝게 깜박거리지
산다는 게 그런 거야
그리운 존재 하나 가슴 깊이
박혀 있는 거

산세베리아

기세등등 푸른 야망
노오란 한 줄 연륜의 띠를 둘렀다

한평생
전쟁 같은 뜨거움이 익숙하지만
눈부신 태양빛보다
적당한 그늘을 사랑할 줄 아는
그는
칼날 같은 몸으로
한때
태곳적 향기를 내뿜는
하얀 꽃을 피우느라
산통을 겪었으리라

가늠조차 할 수 없는 온도로
풀무질 된 유연한 몸
가득
출렁이는 밀물결 무늬 새긴 채
쉼 없이 하늘 향해
흐르는

연어 같은 남자

만약 옛사랑을 만난다면

고맙다는 말을 들었으면 좋겠다

나로 인해 눈이 높아져
나보다 좋은 사람을 만나
지금 너무 행복하노라 말해 준다면
그 향기로운 입술에 소환된
뜨거웠던 키스를 후회하지 않을 것이다

장례도 없이 회한의 거적대기에 말아 묻어 버린
눈 감지 못한 내 슬픔 꺼내어
고운 수의 입힌 뒤, 그제사
삼도천에 띄우겠다

미안하다는 말을 끝내 하지 않아도 되는 것만으로

너와의 사랑을 훈장처럼
당당하게
평생 가슴에 달고 살겠다

단추

늘 그런 생각을 했어요
꿰어진다는 것,
꿰어져서 단단히 붙잡는다는 것
꿰어져 붙잡아서 누구 한 사람을
단정하게 하고 따스하게 할 수 있는 것,
외출하거나 귀가해 편안한 휴식이
기준이 되고 출발점이 되는
당신에게 내가 그런 단추가 되기를
되기를 늘 바랐어요
대단한 생각은 아니지만
당신에게 매달렸던 때를 떠올리면
나는 늘 떨어져 사라져 버리던
단추가 나같이 여겨졌어요
헤어져서 이젠 못 보게 돼
이런 생각이 드는 거겠죠
잘 사시고 있기를 바라요

/ 제2부 /

우는 여자

날것의 매력

탐스러운 보름달을 품은
선홍색 육회

아사삭 단물 터지는
샛노란 초당 옥수수

한 움큼씩 훔쳐 먹던
구수한 생쌀

불로장생 떼논 당상
자연인의 밥상

그리고
발가벗은
나의 시

고래

길 위의 길이 뿌리 내린 최북단 동해바다
씨줄과 날줄로 직조된 해류의 아틀라스,
그곳에서 오늘처럼 너를 만난다

사람들이 떠난 바다를 그리워하며
파도는 멍들도록 자맥질을 하고
너는 파도를 그리워하며
거친 숨비소리를 토해 낸다

잘 살아 내시고 있는가
먼 땅에서 유영하고 있을 당신이
그립고 또 그립다

죽고 싶다

가장 쉽게 생각했던 말
가장 많이 끄적거린 말

아직 살아 있는 나는
게으르거나
엄살쟁이거나
거짓말쟁이

낙심자의 근황

안녕합니다
아담과 하와처럼 숨어서
당신 밖의 세상을 삽니다
물론 잘 알고 계시겠지만

사랑도 오래되면
내성이 생기고 타성에 젖는 법
한때 한계를 넘은 사랑을 하고도
당신은 도대체 어디에 있느냐며
원망하고 의심하며 고함칩니다

사랑은 원래가 감당할 수 없는 겁니다

찰나의 내 생각마저 다 아시는 당신이라서
수치심에 문을 닫아 버린 채
문밖에 선 당신을 차마 부르지 못하고
우두커니 서 있습니다

그렇지만 너무 걱정은 마세요.
시작인 당신만이
나의 끝이니까요

잘 알고 계시겠지만
물론 다 알고 계시겠지만

가시 달빛

술 취한 밤 내리는 달빛엔
가시가 있나 봅니다
창을 걸러 들이친 자락이 온몸을 휘감으면
허공에 내뱉는 한숨이
가려운 듯 따가워
짐승처럼 울부짖으며 손톱을 세웁니다

무딘 날을 세운 손톱은 사정없이
뽀오얀 내 마음을 미친 듯 헤집어
빨간 생채기를 만들고야 말았습니다
가려웠던 온 맘이
따갑게 쓰라린 이 시간,
부러진 손톱 아래 핏물이 들고
상처도 붉은 눈물을 글썽입니다

술 취한 밤 내리는 달빛은 가시가 박혀
마음이 아립니다
가슴이 따갑습니다

우는 여자

매 순간과 이별하며 살아왔는데
모자랐나, 대상이
늘어만 간다

내게만 모질구나
기대했던 세상
그럴 줄 몰랐는데
믿었던 자식

나는 아픈데
때리지 않았다고 우겨 대는
잘난 존재들

고깝고 아니꼬워
마음 보따리 싸서 또다시
대문을 나섰지만

웬일인지 이별이란
할수록 더
쓸쓸해져
자꾸만 뒤돌아보는 내 목만
지지리 아프다

바람도 아프다

바람이 불지 않는 건
심하게 앓고 있다는 거다

뺨 부비며 간질이던
소곤소곤 귀엣말도
겨울 숲에서 목 놓아
흐느끼는 소리도
누구 하나 귀 기울이지 않았다

달려가 외칠 때마다
귀를 막고 세운 날에 찢겨
아무도 모르는 곳으로 달아나
신음한다는 것을
알지 못했다

안길 이 없고
머물 곳 없어

헤매야 하는 것들은
모두 다 아프다

위대한 그 이름

코로나로 불에 타듯 아팠던 밤
엄마가 쓰러져 병원에 달려갔던 밤
내가 정해 놓았던 삶의 마지막 밤에도
일찌감치 뇌를 봉쇄해 버린 나는
늘 깊은 잠을 잤다

이벤트 가득했던 반백년
죽었다 깨어나길 되풀이한
일만 팔천이백오십 밤과 아침
영광의 기록을
단번에 깨뜨리고

요즘 나는
취업 준비 중인 딸아이 걱정을
매일매일
잠자는 동안에도 쉼 없이 하고 있다

회개

복권 한 장 사지 않고
왜 나에게는 일등의 행운을 주지 않냐고
떼쓰고 울었습니다

문 두드리지도
엎드리지도 않았으면서
왜 힘든 나를 방치하냐며 따졌습니다

주여
당신의 인내와 사랑의 끝은 어디이길래
이 뻔뻔한 관종의 단 한 번 기도를
그리 오래 기다리신 겁니까

죄의 늪에 잠겨 가는 나의 어깨를
등 뒤에서 붙들고 계셨던 손,
그 온기를 이제야 깨달아
쓰러지도록 오오열열합니다

저 하늘과 땅 아래
설사 천국과 지옥이 없다고 할지라도
일생토록
살아 계신 당신을 사랑하겠습니다

부끄러운 이름

내 친구 옥녀가 개명을 했다
옹녀라고 들리는 이름이 부끄럽단다
죽어도 자기는 옹녀가 아니라며
부득부득 얼굴을 붉힌다

나는 누가 시인이라 부를 때
가장 부끄러웠다
죽어도 나는 시인이고 싶은데
양심이 얼굴을 붉힌다

혀

눈물이 낭자한
세상과의 치열한 싸움에 지친
나의 말은
무장해제 없이 오랜 시간
메말라 갔다

삶의 무수한 생채기
염증에서 피어난 열꽃이 여러 계절
내 몸에 수놓아진 후에야
비로소
나의 말은 촉촉해졌는데

그 사이 어머니 귀는
긴 세월 찬바람에 문이 닫혔다

후회로 울먹이는 으깨진 말들
뒤늦게
문 두드리며 무릎을 꿇어도

빗장은
이미
붉게 녹슬어 버렸다

12월 31일

정녕 가야만 하나

아무리 매달리고 애원해도
서슬 퍼런 칼질에 또 한 번
베어지고 마는
아, 꽃 같은
낙엽진 내 한 살

잘려 나간 시간은 이마에
나이테로 환생하고
싹쓸바람 지나는 자리 끝끝내
불통 고집으로 홀로 남은 미련이
흉터 위에 또 한 줄
아린 생채기를 새긴다

알면서도, 이젠 인정해야 한다면서도
두 눈 부릅뜨고
연말마다 또다시 당하는
서러운 제 나이와의 이별
할머니가 되어야만 이런 미친 짓은
잦아지고 또 멈춰지려나

가족사진

병풍 같은 자손들에 둘러싸인
고운 어머니가 환하게
웃고 있는
커다란 사진 액자

위풍당당 거실 벽 중앙을 차지하고
방귀를 뀌던 십수 년 동안
아이들은 커서 인물이 달라지고
사진 속 사람들이 하나 둘 사라져
보기 싫은 애물단지가 되어 버렸지만
어머니는 미련을 버리지 못했다

모든 게 달라진 지금, 이깟 게 뭐라고

끈질긴 나의 성화에 가족사진이 내려지고
화가의 그림이 걸리던 날
어머니는 초저녁부터 등을 돌린 채
잠을 청하셨다

무너진 산 같은 어머니의 뒷모습을
물끄러미 바라보던 순간

선명하게 오버랩되는
웅크린 나의 열열*한 뒷모습

결혼의 울타리를 나온 한 날
원인 모를 몸살을 앓으며 온종일
들썩이던 내 작은 어깨가
거기에 있었다

그날 밤 가족사진은
승전가를 부르며
더 높이
거실 벽을 탈환했다

---

* 슬퍼서 목이 메다.

태풍 바다

46억 년 갈고 갈아
속이 없는 서슬이 일어난다

분탕질 된 모래 가슴속
화火가 봉기하여
와아아
칼춤을 추며 진격하던 1열
제 분에 겨운 발이 꼬여
콰르릉
비명을 지르며 엎어진다

고꾸라진 분노 뒤로
우와아아
2열 3열 끝없이
발군하는 울화가
미친 듯 전진한다

쏴아아아
거품으로 소멸하는
저 발작發作

자폭이다

차이

당신은
나를 만나 잘해 주지 못한 게 후회된다고 했고
나는
당신을 만난 자체가 후회된다고 했다

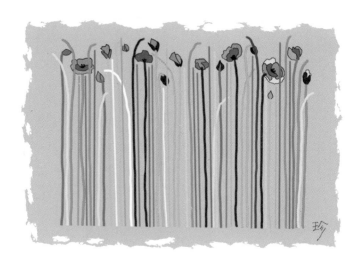

'새^新'를 위한 묵념

다 죽었다
전사한 감정들이 오와 열을 맞춰
잠들어 있는 공동묘지
여자는 아침마다 옷장 앞에서 묵념을 한다

로맨틱하게
시크하게
엘레강스하게
클래식하게
소명을 다한 아바타들의 짧은 생애

갈증 나는 일상
밑 빠진 마음과
여자는 오늘도 전쟁이다

어제와 다른 색깔
새로운 전사로 변신시켜 줄
사기충천 갑옷을 갈망하는

여자의 옷장엔
늘
'새'가 필요하다

신과의 거리

정말 존재한다면 한 번 만 보여 달라고
도마와 같은 내 눈과 귀를 바꿔 보라고
그리하면 당신을 영원히 믿겠노라고
오만하게 다그치며 쫓아다닐 때
당신은 묵묵부답이었습니다

10년이 지난 어느 날
아무렇지도 않게 뱉은 나의 탄식에
믿을 수도 설명할 수도 없이
비로소 당신이 대답하셨습니다

음속 계산법으로 찾아낸 거리
왕복 1억 2천 킬로미터라서
긴 시간 뒤에 응답을 하셨다고 믿기엔
거대한 사랑으로
너무나 명징하게
당신은 가까이 계셨습니다

지금 또다시 맹인이 되어
내 곁의 당신을 보지 못하는
나와 당신 사이의
거리는 얼마입니까

우연이라 믿었던 모든 것들이
말씀처럼 주의 계획이라면
당신의 시간표를 앞당겨

부디 이 죄인의 눈에
당신의 침이 섞인 진흙을 바르소서*

* 요한복음 9장.

신도 할 수 없는 일

이쪽이 빠른 길이야
이쪽이 옳은 길이야
방향을 알려 주고
아무리 애를 써 봐도
내 맘 같지 않고
내 뜻대로 할 수도 없는 게
자식이라서

신을 아버지라 부르는 한
지옥을 향해 가면서도
저 잘났다고 말 안 듣는 인간만큼은
전지전능한 조물주도
어쩔 도리가 없다

목련이 다녀갔다

지난밤 된바람에
황급히
서천으로 떠나며 벗겨진
신발 한 짝
처연하게 해쓱하다

신음조차 악다문
절정의 침묵이 해산한
업보,
아아
잃어버린 것들
그리운 것들

눈물겹도록 짧았어도
이생 꽃으로 살았고
내생 꽃 되어 나리

졌어도 죽지 않은
떠났어도 이별 아닌

윤회,
한 장 꽃잎

시인답게 산다는 것

   혼자 된 동갑내기 지인이 돈 많은 남자를 만나 팔자를 고쳤다는 소식을 들은 날, 나보다 딱히 잘난 것 없어 보이는 여자의 신분 상승이 부럽고 배가 아파 나도 어디 돈 많은 영감이라도 소개해 달라고 농담처럼 말했더니 오빠가 정색하고 말했다
"시인이면 시인답게 살아."

   시인이 분명 스님은 아닐진데, 시인답게 산다는 게 뭔지
   잘 모르겠지만

   아직도 가난한 나는
   여전히 철없는 나는 오늘도
   시인이라는 허울 좋은 핑곗거리로 초라한 똥멋을 부린다

저글링

딸은 잔소리하는 내게 화가 나고
나는 잔소리하는 엄마에게 화가 나고

엄마는 짜증내는 내가 서운하고
나는 짜증내는 딸이 서운하고

3대의 갈등이 현란하게 돌고 돈다

나도 딸이라서 우리 딸 마음을 알면서
나도 엄마라서 울 엄마 마음을 알면서

독선과 편견의 공만 움켜쥔 채
피곤한 묘기를 부리는
내로남불 독고다이
우리 집 저글러

관객들은 모두 등을 돌렸다

바람 부는 날

다시 태어난다면 말야, 정말이지
바람으로 태어나고 싶어
평생 한 곳에서 살았다는 건 불행이야
인연이라는 거미줄이 때로는
숨 막히게 벅차고 지겨워
다음 세상엔 꼭 바람으로 태어나
그물에 걸리지 않고 자유롭게 살 테야

비장한 나의 각오를 들은
당신은 그저 멍하니
대답이 없었지

눈물이 난다
그날
한없이 차가웠을
한없이 외로웠을
바람 속에서 흔들리던
당신의 마음처럼

카페에서

약속 시간 전 도착한
카페 벽면에서 반짝이는
커다란 글귀
'기다림&설렘'

지루한 기다림에
무심히 시계만 볼 뿐
설렘은 없다

짧은 시간 밀려오는
겹겹한 잡념

간만에 평온한 요즘
이 평안을 종식할 새 탈順은
언제 어떤 모습으로 올까

불안한 설렘에
심장이 떨려 오지만
기다림은 없다

그녀에게

그렇습니다 인생이

세상은 너무 불공평하고 나만 억울하지요
허리 휘게 농사짓고 추수는 애먼 놈이 하듯
한때 나 역시도 분한 마음을 걷잡을 수 없었습니다

그러나 젊은 날 우리는 후회 없이
과정에 충실하였습니다
두 번 다시 못할 순수한 사랑과 번뇌에 잠겨
순리를 따라 흘러왔습니다
고통으로 기억되는 지난 시간 속에서도
카르페디엠Carpe diem을 실천했기에
한 점 미련도 후회도 없는 것입니다

누군가의 가슴속에서 퇴색되고
누군가를 기억 속에서 지울지라도
길고 혹독했던 훈련의 시절은 어설펐던 우리를
프로페셔널 리더로 만들어 주었는지도 모릅니다
뒤늦게 맞을 커다란 행복을 위한 연습이
흉터가 아니라 날개를 달아 줄
구름판이 되었다는 걸 잊지 말기로 해요

사랑과 헌신을 다하신 당신께 진심을 다해
존경과 감사의 박수를 드립니다
혹여 꿈에서라도 만날 수 있다면
회한의 눈물로 녹슬었을 당신 마음을
따듯하게 안아 드리고 싶습니다

부디 행복하시길

수준

풍뎅이도 개미로 보이게 하는
완벽한 핏의 좋은 옷을 입다가
바느질 엉성한 늘어진 옷을
어떻게 입겠어
완전 어이없는 거지

소음 없고 흔들림 없는
완벽한 편안함을 주던 차를 타다가
덜컹덜컹 시끄럽고 낡은 차를
어떻게 타겠어
한숨만 나오는 거지

하물며
너를 알아 버린 나에게 어떻게,
어떻게 다른 사람을 사랑하라고
할 수가 있어
기가 막히는 거지
미치고 환장하는 거지

제3부

밥만 먹었더라

가을 산

온전하게
나를 태운다는 건
초록의 혈기가 따라올 수 없는
연륜의 화려한 연소燃燒

찰나의 불꽃일지라도
나 아직 죽지 않았다고 당당히
외칠 수 있었으므로

빈손,
그 찬란한 기억의 온도로
초연히 겨울 향해
미소 짓는다

아버지

한겨울 새벽녘
시린 바다를 향하던 남자의 뒷모습에서
삶이 모질게 부서지기만 했던
성난 파도의 속살을 보았다

갈 길 잃은 기러기 날갯짓
어지러운 그림자를 떨구듯이
허위허위
거친 바람 속을 걸어가던
아버지의 빈 등

낮이 상처난 만큼 밤은 깊어진다
남자는 등에서 무거운 노동을 내리고
모래알처럼 흩어지는 잠을 이루지만

언젠간 모두 사라지고 말리라
가뭇한 별을 띄우기 전
달을 삼켜 버린 텅 빈 하늘 밑
새벽의 침묵을 노려보며 다짐하던
베어진 들판의 무서운 고요를 보았다

내일 죽을지도 모른다는 생각을 했을 때

고맙다, 사랑한다는 말보다
미안하다는 말이 먼저 떠올랐다
달려가다 죽더라도
지구 끝이라도 찾아가 그 한마디를
꼭 전하고 싶었다
미안함의 대상을 세어 보다가
당장 죽을 수조차 없다는 걸 깨달았다
주렁주렁 혹이 되어 매달린 다발성 죄의식
아, 나는 얼마나 추한 모습으로 살았던가!
성선性善이든 성악性惡이든
끝맺음은 선善이어야 한다는
생의 끝에서 마주한 진실

쫓기는 시간에 나의 본능이 몸부림치고 있었다

오늘 내가 살아 있는 이유는
아직 못다한 사죄 때문이다

돈에게

좋겠다 넌
가만히 있어도 어쩜
너 싫다는 사람이 단 한 명도 없을까
나는 진심을 다해도
떠나는 사람이 있는데
부럽다 너

감사와 기쁨
감동과 평안
인간의 예의
사람의 관계마저
결국 네가 다 하는 걸

돈복보다 인복이라고
큰소리치던 게으른 내가
나보다 인복 많은 너에게 두 손 든다

복의 근원,
나도 오늘부터 네 팬이다

빗소리

해거름에 몰려든 빗무리가
빡빡한 빌딩 사이에 무심히 서 있습니다
두꺼운 창문 너머 아스라이
기억의 한편에 담아 둔
사무치게 그리운 빗소리를 불러 봅니다

후두두투투툭
옛살비 뾰족 함석지붕
힘을 다해 투신한 달구비 내리는 날
영락없이 어머니의 재봉틀은
달달달 시동을 걸어 밤새
고단한 삶에 지친 여자 소리를 냅니다
힘겨운 팔자를 자근자근 밟으며
드르륵드르륵 설움을 토해 내고
상처를 봉합합니다
아궁이 앞 쭈그린 아버지 닮은 장작개비는
당신 몸처럼 아무렇게나 깊이 던져져
침묵의 시름을 안은 채
온몸을 불살라 구들을 덥힙니다
아랫목에 배를 깔고 옆집 동무와
수다 깊어지는 비 오는 밤

목청 높여 외치고픈 함석지붕 아래
메마른 장작이 온몸을 태우고
밤새 서러운 지붕의 낙숫물에
엄마 재봉틀이 물레방아로 돌아갑니다
투투둑투툭툭, 따다땅
타닥타닥 타다닥
달달달 드르륵드르륵

어느새 눈 감은 내 얼굴은
물기가 가득합니다

불변의 진리

정동진 부채길
동해 출생의 비밀을 함구한 채
바다 향해 선
엄장한 장수바위는
파식의 칼날 휘두르며 달려드는
파도에 미동도 하지 않는다

세월의 끝에 새겨진 주름진 얼굴
짧은 햇살이 조명할 때
담담한 미소 번지며 겹쳐지는
확연한 어머니의 얼굴
아, 그 타당한 안온함이여!

절벽 모퉁이
골 깊은 곳
은밀히 키워 낸 새파란 잎사귀가
처녀 가슴 설레임처럼 숨겨져 있다

위대하고 아름다운
세상의 모든 것은
기·승·전, 어머니,
내 어머니

은행나무와 엄마

은행나무 아래 서면
삶이 노랗게 물들고
헤싯한 웃음도
열매처럼 얼굴에
열린다

엄마 아래 서면
나는 닮고 싶지 않았는데
삶이 닮아지는 것이고 보면
나는 어쩔 수 없이
엄마로부터 물이 드는
딸인가 보다

해프닝

운전 중 외길에서 만난 쌈닭녀에게
한 마디 못하고 양보한 것이
생각할수록 바보같아 분하고 분해
미용실로 달려갔다

독한 여자로 다시 태어나는 거야!
작심의 증표로
애꿎은 머리카락을 칼단발하고
클레오파트라 되길 기대했는데

젠장할!
상상조차 해 본 적 없는
얼뜨기 촌간나가
거울 속에 있다

화진포에서

나에게 평화롭고 싶냐고 묻는다
나에게 행복하고 싶냐고 묻는다
가끔은 내가 언제 태어나고
살고 있는지 몰라
헤맬 때가 더러 있었다
바다가 내게 답해 준다
너는 안 태어났어
너는 이미 살다가 오래전에 죽었어
평화와 행복은 그 답 안에만
지렁이처럼 꿈틀거리며
기어가는 것들이야, 라고

요즘 나는

사용 설명서를 읽지 않아도 되는
가장 단순한 상품을
가장 익숙한 곳에서 사고
끈적해서 싫어하던 바디크림을
오일과 함께 매일 바르고
영양제가 늘어나는 만큼
알람 설정이 많아지고
안 보던 일일연속극을 보며
울다가 웃다가
아무렇게나 방귀를 뀌고
인상 쓰며 피하는 딸이 서운하고
말 안 듣는 괄약근에 화가 나고
가끔 창문 아닌 냉장고 문을 열고
멍하니 바라만 보고 있다
무엇보다 달라진 건
목숨보다 귀했던 자식의 미래보다
내 남은 날이 더 걱정된다

늙었다

우아하게 살 수가 없다

원피스는 조용한 럭셔리 올드머니룩
스카프는 명품 D사
구두는 매력적인 7센티 굽
머스크향 퍼퓸으로 마무리

클래식 음악이 흐르는 테이블
왼손엔 포크, 오른손엔 나이프
레어 스테이크를 작게 썰어
육즙을 느끼며 오물오물
안단테 안단테

수다는 품위의 적이야
살짝 내린 눈꺼풀만큼
턱을 들고, 그렇지
입꼬리만 살짝 올려

어? 누나는 손이 도라에몽이네 하하!
묵직한 분위기를 깬 짓궂은 후배의 외침

옅은 미소 한 번 짓고
빛의 속도로 휴대폰 이미지 검색,
눈 먼 나의 입은
변박의 프레스토

이런 쌍!

오지랖

내 삶 하나 들여다보는 것도
내 한숨 소리 하나 듣는 것도
이렇게 피곤하고 골치 아픈데
모래알 같은 인간들의 삶에
일일이 관여하는 하나님은
얼마나 머리가 깨질까
오죽하면 하나님도 꾀가 나
인간에게 자율의지를 주셨을까
오늘은 내가 밤하늘 올려다보며
가엾은 하나님을 기도해야겠다

공共과 공空

작은 울타리 안에서 빙 돌아
굳이 엄마라는 건널목,
그 외길만 고집했던
나

담장 밖으로 삐져나오는 소리에
귀 기울여 울고 웃던
문밖의 파수꾼
아버지

나와 아버지는
공共이었을까
공空이었을까

내내
외로운 함께였고
충만한 비임이었던
우린 어쩌면

평생 그립고
가슴 저린
첫사랑이었다는 걸

뒤늦은 깨달음

살면서 감사를 몰랐던 건
내 삶이 불행해서가 아니라

오롯한 감사의 조건에
숨 쉬듯
그저 익숙했을 뿐

고난 속에서
나를 사랑하는 사람들을 얻었고
비로소 치열하게 삶을 사랑하게 되었으니

뜨거운 물속에서 끓고 있던 내 인생에
소금 같은 그 시간이 더해져
이리 다디달게 익은 것이 아니겠는가

돌아보면
내 인생은 그래도
괜찮았다

세월

원망하지 마라
나는 너를 떠난 적이 없다
그저 너를 보냈을 뿐
구멍 나 우는 내 가슴을 못 본
네가 나를 보낸 것이다

슬퍼하지 마라
너는 나를 떠난 적이 없다
그저 나를 보냈을 뿐
발 동동 구르던 가슴을 못 본
네가 나를 보낸 것이다

네가 나를 떠나지 않았고
내가 너를 떠난 적이 없었어도
살다 보면 그렇게도 헤어질 수 있다
서로에게 이별한 적 없어도
다시는 못 볼 수 있다

거룩한 욕실 유리창

볼 꼴 못 볼 꼴
별의별 냄새 견뎌 내며
찬물 뜨거운 물 뒤집어쓰는
너의 세상은
습하기만 하다

칼바람 묵언으로 막아 내며
볕을 골라 들이느라
배알도 없이 투명한가

땀인지 눈물인지 모를
물줄기 줄줄 흘리며
검버섯 하나둘 새기는
너는

전생에
누구의 어머니였더냐

미안하다 내 손아

내 손은 못생겨서
보는 사람마다 한마디씩 해
그런 네가 부끄러워 감추고만 싶었지

도도한 눈 코 입은 매일 고운 화장으로
살찐 몸과 발은 매일 다른 옷으로
아무것도 하지 않는 귓불조차 금붙이를 걸고
뽐내는데

못났다는 이유로 너에게는
고무장갑도 핸드크림도
네일아트도 흔한 반지도
세상없이 인색했었어

끝없이 눈물이 흐르는 오늘에서야
손등으로 눈물을 훔쳐내다 깨달았어
아마 너는 이 눈물에 불어서
홀로 주름투성이가 되었을 거야

그래
내 눈물 네 몸에 적셔
함께 울어 준 너인데

억울해도 말 못할 때 불끈
주먹 쥐어 준 너인데
때로 나를 칭찬하며 박수 쳐 준 너인데
그런 네게 무슨 짓을 한 건지

미안하다 미안하다

사죄의 뜨거운 눈물 묵묵히 닦아 주며
여전히 나를 위로하는
완전한 내 편아

너에게 거듭거듭 고두사죄한다

으리으리한 의리

너 없으면 죽을 거 같아
내 사랑은 진짜야
영원히 너와 함께할 거야…

전부 개소리였다

모두가 떠나 버리고 혼자가 된
결핍투성이 나에게
네가 왔다

십수 년째 묵묵히 나를 감싸는
한결같은 모습
으리으리한 사랑

때로 너의 집착에 숨 막혀
떼어 낼 궁리를 해 보지만
되도 않는 수작이지
어떻게 너의 사랑을 이겨

이토록 질기게
나를 사랑하는 이를 본 적이 없다

나는 너, 너는 나
세상은 널 버리지만 난 널 지킬게

나 없으면 죽을 너니까
네 사랑은 진짜니까
영원히 너와 함께할 거야

소중한
내 살들아

파도에게 배운다

뒤돌아보지 않고
쉼도 없던
최고치의 엣지가 쓰러진다

산다는 게 별건가
다 그런 거지

달리다 녹아내릴지라도
한바탕 호탕한 웃음으로
고인 물로 썩지 않으리

끝없이 발기하는 저 결의

부서지며 쏟아 내는
하이얀 사리들이
선거워*
잠시 고개를 숙인다

---

* 감동을 일으킬 만큼 훌륭하거나 굉장함.

그것이 알고 싶다

내가 태어난 날도
내가 죽을 날도
하나님이 계획하셨다는데
그렇다면 타고난 사주팔자가 있는 건가요?

모든 신들이
사람을 사랑하고
자비를 베풀라고 말씀하셨다는데
사람들은 왜 신만을 사랑하는 건가요?

남의 시를 잘 안 읽는
자기 시집 한 권 없는
시인이
시인이라 불려도 되는 건가요?

그런데 말입니다

호기심 많은
철없는 아이 같은 제가
알고 싶은 게 이다지 많은데
도대체 누구에게 정답을 들어야 하는 건가요?

웃는 게 아니야

비싼 생리대가 왕창 생겼다 공짜라면 양잿물도 단숨에
마실 기세로 마구 주워 담는데
"아직 하세요?"
누군가 속삭이듯 묻는 소리에 화들짝 놀라 오줌을 지릴
뻔했다

그러고 보니 곧 다른 용도로 사용할지 몰라
눈물 나게 웃음이 나왔다

바람도 아프다 2

내가 끝내 너를 스쳐서
너는 몹시 아팠노라고
천둥처럼 화를 내고 나를 원망했지만

칼보다 날카로운 네게
천 갈래 만 갈래 찢겨 나간
나는
먼지처럼 흩어져 소멸해 버렸다

그러므로
네가 알던 나는
이제 세상 그 어디에도
없다

밥만 먹었더라

사랑이 떠나가도 밥만 잘 먹더라는 노래를 듣다가
살아온 날을 돌아보며
거울에 비친 내 모습을 보니
허리를 잡아먹은
능글능글 반백 년 묵은
3D 나이테가 떠억
똬리를 틀고 있다

먹어야 산다길래
밥만
죽어라 먹었구나

제4부

라푼젤의 자기소개서

새벽

누군가는 웃는 얼굴일 것이라 했고
어떤 이는 우는 얼굴이라 한다

아무도 얼굴을 보지 못한 어둠의 여신이
밤새 장막처럼 드리웠던 검고 긴
머리칼을 소리 없이 쓸어 올려
푸르스름한 뒷덜미를 드러낸다

나는 왜 또 태어나고 있는가
나는 또 왜 팔다리를 달고 살아나기 위해
이마 위에 달린 눈의 심지를 돋궈
다시 드러난 삶을 목도하려 하는가

새벽마다 가리워진 붕대에 의해
풀려나는 사물들의 상흔을 보면서
나의 눈은 웃고 나의 입술은 운다
매일 반복되는 하루하루의 부활은
천국과 지옥보다 지독하다

친절한 선애씨

지인이 세컨하우스로 전원주택을 구입했다고 자랑했다
빨간 우체통까지 만들어 그림 같은 집이 되었노라며 기념
편지를 부탁한다

그럼요, 당연히 해드려야죠 편지가 많이 와야죠

거침없이 써 내려간 편지가 뿌듯해 웃음이 절로 난다

'이 편지는 영국에서 최초로 시작되어… 4일 안에 7명에게
보내 주셔야 합니다. 그렇지 않으면…'

나도 꽃나무

벚꽃 잎 흩날리는 길 위의 내 마음
계절보다 게을러 여전히 한겨울인데
꽃길이란 이다지도 아름답구나
끝없는 사막 같던 나의 길이 새삼 서러워
꽃잎 따라 후두둑 눈물 나린다

길고 긴 길 끝에서 젖은 눈으로 마주친
늙은 나무 한 그루
오랜 겨울날을 수도 없이 보냈을
거칠고 쇠한 몸 한가득
함박눈 같은 겹꽃송이들 흐드러져
흐드러져 눈이 부시다

아! 살아 있는 한, 꽃을 피우지
상처투성이 나도 꽃나무였어
내가 서 있는 인생길이 꽃길이구나

아, 봄!

온종일
남실바람과 묵은 수다를 떨며
나란히 산책을 하고 있는
호수의 긴 머리칼이 나풀거린다
지난밤 잠수했던 별들 우르르
수면에 올라와 몸을 말리고
요술봉이 된 햇살의 붓끝이
수묵의 산야山野에
순하디순한 총천연색 옷을 입히는
이 몽환의 나라

요동치는 가슴 살포시 누른 채
꽃이 아닐지라도 나는
그저 그런 한 포기 여린 풀로
어우러져
짧아도 좋을 이 시절 따라
연둣빛 푸러지게 하고 싶다

상처

단맛이 난다

까치가 쪼아 놓고
햇빛과 별빛이 헤집어 놓아
곰삭은 바람에 구멍 난

아프고
아픈 자리

당신이
먼저
익었다

신新중년 시대

시니어가 판을 치는 세상이 올 줄이야

다수의 사망자가 발생한 교통사고로 채널을 장악한 메인 뉴스의 주인공은 70세 운전자이다 목격자들과 전문가의 의견과 달리 끝까지 차량 결함을 주장하는 무소 같은 70세 주인공이 조명을 받고 있다 이어서 시작된 시사 프로그램엔 인지 능력이 저하된 고령자 운전 찬반 토론이 뜨겁고 시니어 진입을 앞둔 나는 심장이 쫄깃해져, 음매 기죽어!
채널을 돌리자 이번에는 70세 모델 김칠두가 멋진 워킹으로 광고에 등장한다 굵은 주름에 입체적으로 드리워진 농익은 여유와 수묵화 같은 그의 얼굴에 채색된 연륜의 농담濃淡에, 몇 길이나 될 법한 눈빛의 깊이를 어림할 수 없다 또 다른 채널에서 호들갑인 보디빌더 할머니들이 자랑하는 액티브 시니어의 스마트한 세상 구경에, 오호라! 회춘한 내 심장은 짓이 나 쿵쿵 발소리를 낸다

궁상맞거나 우아하거나, 드디어 백발마저 양극화된
때가 도래했으니

노익장 천국
노인네 지옥

쭉정이와 알곡이 가려지는, 이 난감한
심판의
신나는 말세末世

60대 예찬

우리 집엔 동화 속 요술 거울이 있지 나는 매일 물어봐
-거울아 거울아, 이 세상에서 누가 가장 멋지니?
진실의 거울은 늘 같은 대답을 해
-바로바로 오빠입니다
하지만 사람들은 늘 진실을 외면하지 머리카락 좀 희끗하다고, 얼굴에 주름 좀 있다고, 배 좀 나왔다고 여자들은 쳐다도 안 봐 참내

니들이 알아? 라떼의 달콤한 추억, 자전거에 첫사랑 태워 철둑길 달리던 우윳빛 낭만을 쥐뿔도 모르면서 무시하지 마 나는야 이 시대의 찐인싸, 세상 멋진 오빠니까
아, 쫌! 꼰대라고 하지 마 이렇게 청바지가 잘 어울리는 꼰대 봤어? 앞에 있는 70 형님 민망하잖아
아, 쫌! 할배라고 하지 마 이렇게 스니커즈 잘 어울리는 할배 봤어? 앞에 있는 80 형님 뭐가 되겠어?

오늘도 나는 백팩을 메고 힙한 청바지에 운동화로 집을 나서지
'나이야가라' 콜라텍에서 마감하는 막내의 활기찬 하루, 오늘도 파이팅!

바퀴

두 다리가 잘린 남편을 싣고
리어카를 끌던 여자
쇳바람과 장맛비, 뙤약볕과 눈발 속에서
남편의 매서운 채근에 팽팽해진 바퀴틀
굽은 그녀 등에 속력이 붙는다

저것도 사내구실을 하기에
저리도 당당하게 마누라를 부리는 건가
손가락질하는 사람들 비난에도
허리를 꼿꼿이 세운 채 호통치던 남자의 표정은
시장 바닥에 엎드리고 나서야 비굴해진다

고무보다 질긴 것이 운명이라고 찰지게 붙어
남편의 아침을 달리고 저녁을 걸었던
표정 없던 그녀의 마른 얼굴

남편의 죽음으로 손수레에서 분리된
그녀의 행방이
모두에게서 잊혀진 지금
어디선가 다 닳아 버렸을지도 모를 그녀,
부디 다른 바퀴만은 되지 않았기를

인생이 두 번인 듯 살지 마라

순간을 영원인 듯

사라질 것 같지 않은

흐르는 강물 처럼 지금을

珍

정체성

전생에 똥개였던지 용왕이었던지
뭐가 중요해
어제 전생을 보내고
오늘 시인으로 환생한 내가
시 한 구절 생각했으니
그것만으로
오늘 참 잘 살았다

결혼하는 딸에게

햇살보다 찬란하다 사랑스런
너의 미소
엄마 립스틱 몰래 바르던 입술
어느새 활짝 핀
꽃 되었구나

한 발 두 발
두 팔 벌린 엄마 품에 안기던
서툴렀던 첫걸음이
새로운 세상의 품으로 또 다른
첫발을 내딛는 지금
좋았던 기억, 아름다운 추억만 한 아름 안고
야무지게 걸어가거라

너는 또 다른 나였음을,
내 삶에 너는 가장 큰 선물이었음을
언제나 잊지 말아라

살다가 너무 힘들 때
뒤돌아보렴
멀리서 한 걸음 한 걸음
뒤따라간 어미 마음
커다란 언덕 되어 그곳에
있을 테니

새해 일출

하늘과 닿은 적 없는
동정童貞의 바다가
성스러운 분만을 한다

어둠의 껍질 깨고
푸른 양수 속에서 머리를 내미는
오오
신생의 붉은 희망

구세주를 기다리듯 손 모은
기도와 환호
힘찬 첫울음 울려 퍼질 때

가슴 벅찬 하늘이 제 아들이라며
번쩍 들어
가슴에 품어 안는다

동해의 아들

거진에서 서울행 시외버스를 탄
꼬맹이
마른오징어 다리 하나 물고
창으로 몸을 돌린 채
세 시간 반짜리 세상 구경에 빠져 있다

어두워진 창밖으로 드문드문
지나가는 불빛들
신기할 것 하나 없이 익숙한 풍경일 텐데
하품 한 번 하지 않고
저 어둠 속에서 무얼 찾는 걸까

검은 산들을 지난 버스가 드디어
도시의 야경 속으로 미끄러지며
반짝이는 한강 다리를 밟을 때
버스가 떠나가라 환호하는
꼬맹이의 목소리

"우와, 오징어 배 되게 많이 나갔다!"

현실 엄마의 조언

딸들아, 엄마는 아무 욕심 없다

다만
첫눈에 반한 남자보다는 두고두고 존경할 남자를 만나라
금수저로 빛나는 남자보다 돌 틈을 헤집고 나온 잡초
같은 남자
인내를 잘하는 남자보다 협상을 잘하는 남자
리더십 강한 남자보다 협동심 강한 남자
동물을 좋아하고 아이를 보면 미소 짓는 남자
정직하고 용기 있는 남자
눈물을 흘릴 줄 아는 남자
못생겨도 마인드가 세련된 남자
몸짱보다 정신이 건강한 남자
예의 바르고 부지런한 남자

이런 전문직이면 더 바랄 게 없단다

인정 욕구

어떤 시집을 읽다가 책을 덮어 버리고

-나는 왜 이런 시를 못 쓸까? 나 같은 건 흉내도 못 낼 거야

한숨 쉬는 나를 바라보며

-당연하지 그 사람 역시 죽었다 깨도 네 시를 흉내 낼 수 없어! 고유한 네 혼魂의 감성 언어를 존중하고 사랑하도록 해

-아! 그래… 나 지금 확실히 느꼈어

-뭘?

-이 순간부터 널 사랑하게 될 거 같아

자연인이 되고 싶어요

나이가 들수록 병원 가까운 도시에 살아야 한다지만
나는 자연 속에서 살고 싶어요

아침이면 눈곱만 뗀 맨얼굴로 문밖에 나와
맨발로 땅을 밟으며 마당 가득 배부르게 볕을 채우고
계곡 물소리 따라 목청껏 노래도 불러 보고
해 질 녘 굴뚝에 하얀 연기를 피워
소반 다리 휘어지게 채소를 가득 올리고
저녁이면 두 눈 가득 별빛을 모아
아이처럼 꿈꾸고 싶어요

커다란 창틀 속 그림을 감상하고
비 오는 날 빗속에서 막춤을 추고
너무 외로운 밤에는 아무도 듣지 못할
한 사람의 이름을 꺼내어
아무도 보지 못할 눈물을 펑펑 쏟으며
개구리보다 더 크게 울어 보고 싶어요

봄이 오면 좋아하는 쑥을 한 바구니 캐고
여름이면 계곡에서 선녀 놀이를
가을엔 감을 깎아 처마 밑에 매달고
겨울이면 화롯불을 뒤적이며 밤을 굽고 싶어요

받아 온 명命만큼만 감사로 살다 되돌아가는
그런 자연인이 되고 싶어요

중년 남자를 위하여

살바람 발길질에
남자의 가슴이 우수수
떨어져 흩어진다

무엇으로 살았을까 오던 길 돌아보면
애면글면 꽃 피우고 열매 맺어
다 내어 준
허허로운 한 그루 고목이구나

그러나 고목에도 꽃은 피는 법

울어라 다시 울어라
사내로 나서 처음 울던 때처럼
우렁차게 그대를 선언해라

과감하게 가지를 쳐내 버리고
마그마 같은 수액을 끌어올려
오롯이 그대 이름 석 자인
새순을 틔워 내

미련 없이 후회 없이
마지막 봄날을 걸어라

한 번 더 남자로

스팸문자도 누군가에게는

"사랑하는 박선애님의 생일을 진심으로 축하합니다."

외롭고 초라했던 어느 생일
유일하게 기억하고 축하해 준
고마운 문자는
평소 무시했던 스팸이었다

한 번의 관심과 인사가
텅 빈 내 가슴에 꽂혀
평생 자기 편이 되게 한
똑똑한 스팸문자

버려질 운명을 타고난 것들도
누군가에게는
눈물겨운 위로와 감동이 되어

단 하나의 사랑을 받은 내가
너를 사랑하게 되었으니
너도나도 사랑받기 위해 태어났음을
알았다

오늘도 출생하는 스팸문자여!
그대들의 유의미한 삶을
응원한다

라푼젤의 자기소개서

높은 탑 안에서 태어났습니다 좁디좁은 나만의 세상인 줄도 모르고 익숙한 게으름을 누리며 자랐지요 키가 점점 자라면서 창문 밖의 풍경이 보이기 시작했습니다 푸른 숲 너머 커다란 세상이 있었어요 유일한 친구인 새들이 들려주는 큰 세상 이야기는 너무나 흥미로웠어요 나는 밤마다 꿈을 꿉니다 드넓은 하늘을 날고 있죠 하지만 내가 살고 있는 탑은 너무나 높고 내겐 사다리가 없어요 바람은 나를 찾아와 말합니다 언젠가 백마 탄 왕자님이 나를 구하러 올 거라고 그때를 대비해 왕자님의 사다리로 쓸 머리카락을 길러야 한다고 말이죠 나는 지금 열심히 머리를 기르고 있어요 내 머릿결은 아주 건강하고 빛이 나죠 하지만 창밖으로 내미는 나의 시선은 왕자님이 오는 탑 아래 길이 아니라 여전히 저 너머 다른 세상이에요 내 머리카락이 다 자라는 날, 내 손으로 머리카락을 싹둑 잘라서 나를 탑에서 내려줄 동아줄로 쓸 거예요 내 어깨를 무겁게 했던 긴 머리카락을 타고 맨발을 디뎌, 푸른 활주로를 달려 세상 끝으로 비상할 거니까요

첫 만남, 시詩

내 생애
이렇게 설렌 적이 없다
사랑에 빠진다는 건
질주하는 심장만큼 기쁨으로
삶 전체가 요란해지는 일

우린 운명일지 몰라
운명일 거야
운명이야
꿈에서도 널 만나고 눈 뜨는 순간 널 불렀다

그대와 함께라면 내 모습
무엇이 되어도 그저 좋은 것
내 몸과 내 혼과 내 인생을 통째 내어 주고 싶은 것
너에게만은 나 뜨거운 사람이었다

세상 모든 소리를 동냥하고
지나가는 강아지를 달래 허리 굽혀 시를 읽고
작가의 한마디를 구걸하며 이틀 밤을 새우고도
곤치 않은 가난한 마음

그대를 꾼다는 건 삶의 피를 덥히는 것

은밀한 성 안에 나를 가두고 만끽하는 자유
허젓한 즐거움
불면의 밤 스위치를 딸깍거리며
파랑새를 기다리는 것

두 손 모아 무릎 꿇은
풋풋한 초심初心

내 첫사랑은 다만 한 줄
글이었다

고지혈증

건강검진 결과 고지혈증이 나왔어요 가난한 내가 얼마나 기름진 음식을 먹었다고 고지혈증이냐고, 그럴 리가 없다고 했더니 의사 선생님 눈이 내 몸을 스캔하며 고기가 아니라 탄수화물 과다 섭취라고 말합니다

-빵이나 떡 좋아하시죠?
박수로 빙의한 의사 앞에서 경건하게 고해성사를 합니다
-네 나는 나를 많이 미워하고 살았습니다 미운 놈 떡 하나 더 주라는 말대로 나에게 떡을 많이 줬어요 다른 사람들은 별로 안 줬더니 다들 날씬하군요 괜히 그랬어요 정말 후회돼요

-앞으로 바꾸셔야 되는 거 아시죠?
-네 이젠 절대 나를 미워하지 않을래요 이렇게 나만 아프고 손해네요 나를 가장 사랑하고 아낄 거예요
떡진 내 정신줄을 치료해 주셔서 감사합니다 내과 선생님

버선

가장
낮은 곳에서
곧추선 솔기 접어

지친 발
온몸으로 껴안은
하얀 사랑

해져도
주저앉지 않는
자부심의 저 콧대

(시조)

그녀, 선희

늪을 향해 다소곳이 몸 던진 씨앗 한 알
깊은 심지 뿌리내려 오수를 뚫고 나와
드넓은 푸른 잎으로 바람 물결 덮고 있네

연지의 밤 밝히는 신성한 등불이여
마디마디 우려낸 심신의 향기여
고고히 자리를 지켜 낸 학을 닮은 이름이여

흙탕물 헤치고 곧게 선 연꽃은
비바람 치는 밤에도 물에 젖지 않네
평온의 어느 날 활짝 필 아름다운 꽃, 선희

(시조)

그네뛰기

사뿐히 발판 올라 들숨날숨 크게 쉬고
희망의 동아줄 힘주어 갈라 쥔 손
깃발을 펄럭이며 무릎 굽혀 차오른다

솟아오른 줄 끝 마루 가슴 벅찬 넓은 세상
무채색 치마폭에 파란 희망 감춰 담고
태양과 가슴을 맞대어 심장을 덥힌다

내리막길 고개 숙여 사뿐히 발 저으며
드넓은 푸른 과녁 창공을 겨냥하여
힘차게 날아오르기 위한 인만(引滿)*의 춤사위여

(시조)

---

* 활시위를 잔뜩 끌어당김.

그리움

바늘같이 곤두선 삶의 촉수로 모자라
한 곳으로 향하는 내 안의 또 다른 나
고개를 돌려 보아도 보이지 않는 그 무엇

(시조)